KB176705

다 버렸기에
가난하여서

다 버렸기에 가난하여서

2021년 9월 17일 제1판 제1쇄 인쇄
2021년 9월 17일 제1판 제1쇄 발행

지은이 임유택
디자인/인쇄 동인문화사
등록번호 제 사144 호
주소 34571 대전광역시 동구 태전로131번길 2
전화 042-631-4165
팩스 042-633-4165
이메일 dongin71@daum.net

ISBN 979-11-88629-14-5

다 버렸기에 가난하여서

담하재 임유택 시집

| 목　　차 |

CONTENTS

작은 이야기

시집을 내며

인생살이

다 버렸기에 가난하여서

거센 폭풍우 몰아 닥쳐
나무를 뽑아 던져도
벼락 하늘을 가로질러
온 땅을 깨부숴도

호수엔
물결 하나 일지 않았다

꽃들이 피고 지고
동장군이 달려들어도
호수는 아련한 물빛처럼
고요할 뿐이었다

대지를 찢는 지진에도
세상 초토화시키는
불길 위로도
호수는 흔들림 없이 평화로웠다

다 버렸기에 가난하여서

호수는
영원한 젊음을 간직할 수 있었다

송골매 박제를 선물 받고서

잠시 쉬고 싶어
땅 위로 내려온 거야
내 눈은 먹이를 찾기 위해
부릅뜨고 있곤 하지

다시 날기 위해
등걸에 앉아 있을 뿐
나래는 힘차게 날갯짓하고자
펼치고 있어

나는 지금
죽은 게 아니야
영원의 세계를 날기 위해
쉬고 있을 뿐

나를 움츠린 매라고
생각하지 말아줘
내가 나래를 펄럭이는 날엔
환희에 찬 세상이 펼쳐질 테니

번개

쭉쭉 뻗는 호쾌한 기상
거칠 것 없는 모습이 아름다워라

사내모냥 멋스럽게 지르는 소리
그러하매 내 너를 사랑하노라

한 밤을 가로 질러 어둠을 뚫고
소리의 여운은 맛깔스럽다

세상의 묵은 때를 씻겨 내리니
네가 있어 자연은 풍요로워라

시원스레 내달리는 너의 모습은
낮보다는 깊은 밤이 제격이겠지

꿈에서 깨어나

언제였는지 몰라
너를 사랑했던 나날들이
추억은 도망쳐버리고
꿈은 희망 속으로 숨었지만

어디에 있는지 몰라
너를 사랑했던 그리움들은
슬픔은 흘러가버린
지난날 속에 묻혔지만

그래도
속삭이는 건
그리움이란 이름을 가진
키 작은 아이

증정

가을하늘처럼
서늘함도 느끼게 하지만
푸르름 속엔 햇살도
간직한 사람

환한 얼굴 깊은 곳에
내려앉은 그늘은
고독을 아는 이만이 간직한
인생의 여로

머지않은 날
그대의 앞날엔 행복이 펼쳐지리니
언제까지나
화롯불 같은 존재되시기를

희망이 있어 세상은 아름답다

바다의 희망을 물고
부서지는 파도의 노래
단조로운 소리 애처로워
갈매기 울어 예던 곳

사람들의 심통에
갈매기는 떠나가고
사람 득실대던 백사장엔
죽음의 빛만 가득했다

섣달 매서운 바람 속
사람들은 모여 들고
대속하는 기도 속에
만들어 낸 한 송이 희망

꿈

너는
살아야 하는 희망이고
달리는 산맥의 포효가 된다

푸르른 날
밝혀주는 태양볕모냥
가슴에선
환희의 소나타를 연주하고

떠오르는 너의 모습은
일망무제 펼쳐진
황금빛 들판

고독에 휩싸인 한마디 말도
너를 향해 부르는
연정의 노래

겨울바람 속에서
대지는 봄맞이를 하고
오늘도 너를 동무 삼아
내일의 계단을 오르게 된다

쌍비학

내 바라기는
서릿발같이 올곧은
서늘함이니

나 길지 않은 삶에서
부러질지언정
휘지는 않으련다

춤을 추면 서리가 흩날리고
내 작은 노래는
짧게 들려오는
감미로운 세레나데

붉은 빛 한 몸 가득
받을 때면
살며시 속삭이는
자그만 그리움들

〈쌍비학은 내가 아끼는 진검(眞劍)의 이름이다.〉

기도

두 손을 모을
생각일랑 못했지만
무릎은 꿇려져 있고
머리는 숙여졌어라

얼굴에 오만함은 보이지 않고
목소리엔 진솔함이 묻어 나와
앞에도 뒤에도 있지 않을
고해(告解)의 순간

성속(聖俗)이 교차해 흐릿해지면
굵어지는 간구함이
만들어내는
성스러운 순간

불 때는 새벽

눈은 감고 있어도
잠은 들어도
네 혼(魂)은 깨어있어라

싸늘함이 대지를 휘감고
몸 안 가득 추위가 엄습해도
마음속 화롯불은 밝혀두어라

동장군 세상을 뒤집듯
대지를 뒤흔들어도
의연하게 서 있을
보금자리는 남겨두어라

눈보라 헤치고 돌아온 새벽
미소 짓고 들어설 오두막은
마음이 가난한 이에게
신이 주시는 자그만 선물이다

깨달음

번쩍하며 뇌리를 치고
밤하늘 내달리는
전깃불처럼
환하게 밝아지는 느낌

명확하게 풀리는
도미노일지니

아는 이에겐 기쁨이요
얻지 못한 사람에겐
어두운 밤 방황케 하는
고난의 여로

고려장

아들은 늙은 에미 지게에 지고
꽃이 피어난 산길을
땀 흘려 걸었다

지게엔 에미와 찬 없는 꽁보리밥
에미가 따라올까 아들은 산 속 깊이
산 속 깊이 들어갔다네

봄날의 꽃들은 화려한 꽃상여
지게 위에서 에미는
노잣돈으로 나무를 꺾고
아들은 갈 곳 모를 곳에서
에미를 내려놓았네

옛사람 고려장 풍습
이 땅에 다시 살아나
어머니 모시고 차를 몬다네

차 안엔 어머니 옷가지 하나
어머니 주머니엔 지폐 몇 장
옛날의 에미는 지게 위에서
나뭇가지 꺾었다지만

오늘의 어머니는
젊은 날 추억을 꺾고 있다네

삶

그것은

먼 훗날 생각해보면

후회와 원망의 작은 결정체

고별

그대
떠나는 길목엔
그리움 한 떨기만 뿌려 놓아라

먼 훗날
우연히 스쳐 지날 때
반가움이 살그머니 미소 지웃게

그대
보내는 길옆에
아쉬움 한 조각 남겨 놓아라

어느 날
꺾어 든 추억 사이로
미소만 조용히 머물 수 있게

추억

번뜩 차버린
재기발랄한 불덩이들은

빙판길에서 춤을 추는
팽그르르한 사연들은

섣달 한파에 아궁이로 끌려 와
반 마른 솔가지 따라
서러웁게 하더니

대보름 윷판에서 춤을 추다가
끈 풀린 연이 되어
날아가 버렸네

여백의 슬픔

그려
너도 나도 따질 건 없는 겨
크레용 잘못 칠했다고
싸우면 뭐할 겨

좋은 말 거들어봤자
싸움판이 없었던 일
되는 거 봤어

말하지 말고
화내지도 말고
그냥 탈탈 털어
제발 좀 내려놔

그려
뭐 별거 있남
늙든 젊든 내려놓는 겨

질라고 허지 말고
가지려고 하지도 말고
그 마음부터 내려놔

억척스레 쥐어보았자
화장터에서 나오면
회색빛 한줌 추억일뿐여

낙서

주판알 튕기지 말고
팔딱 팔딱 뛰고 있는
심장을 쪼개 설설 끓는
핏물로 쓰는 거야

그리려 하덜 말고
쌉싸름한 담금주 한 국자
맨 식도 타고 내려가는
기분으로 노래해 봐

세상 쩍쩍 얼어붙게 만드는
새벽 노래가
하늘과 땅을 뒤섞어 버리는
점심 무렵 춤사위와 또 다르듯

가슴 시리게 저물어가는
석양의 속삭임을
어찌 다 들으려고 햐

오해

고요한 저 소리를
투명한 이 그림을

눈으로 듣고
귀를 쫑긋 세워
아로새겨 볼 수 있다면

내 가슴 속 깊은 곳에서
울려 나오는
자그만 노랫소리가

여름밤
하늘을 가로지르는
한 마리 번갯불모냥
너에게 다가설 수 있다면

쌓이고 또 쌓여
사분오열된 이 세상도
하나 될 수 있으련만

깨달음 2

잡으려는
마음을 내려놔

쥐려고 한껏 벌린
손에서 힘을 빼

이기려는
생각도 지워

뭐가 보여

그래
아무것도 아닌
바로 너야

가책

설화 속 고려장시대
늙은 부모
산속에 버리고 온
아들의 마음은 어떠했을까

눈 오는 밤이면
바위 밑에 내려놓고
도망쳐온 골짜기가
아른거리지 않았을까

새순 피어오는
산바람에
어버이 음성
묻어있진 않았을까

무심코
눈을 들어 바라본
저녁 무렵 하늘에서
어머니가 웃고 계셨다

텅 빈다

목표를 이루고 난 후
가슴은 텅 빈다

가득가득 채우고
시나브로 텅 빈다

채워라 채워라 계영배(戒盈杯) 한잔
찰찰 넘치는가 텅 빈다

어른들 말씀 부족한 듯 살아라
말씀 그대로 텅 빈다

사랑하며 살기에도 부족한 세상
미워하다 마음아파 텅 빈다

고뇌

활화산(活火山)이야 휴화산(休火山)이야
아니
식어버린 용암이 될래

격정도 젊음도 아닌
못생긴 아집
촌스럽게 손에 들어

쌓아두고 못 버리는
답답한 풍경
이슬이, 서리가 하얗게 맺힐 때

대지의 열기(熱氣)가 식어 가면
서늘한 바람 민낯을 보듬고

한 무더기 용암 되어
향기로운 꽃 하나 피울 수 있을까

기쁜 날

기분 좋은 날
맘으로야 정했것어
그냥 뛰고 살다보면
오기도 하는 겨

웃고 싶은 날
첨부터야 그랬것어
울고 화도 내지만
마침내는 웃는 거지

춘하추동
다 지난밤이 오면
깨끗이 부려놓은 뒤
기쁜 맘으로 가것지

동지(冬至)는 육분전(六分前)

빨개진 코, 손끝도 시려워
땅 겹겹 얇은 옷에도
찬 기운은 스며드네

새벽노을 기다리다
살을 찢는 차가움에
깜짝 놀랐지

쌓이고 쌓인 적막감
멍이 되어 새까맣고
깊은 곳의 설레임은
살그머니 다가오네

타들어가는 몸 설설 끓는 피
손가락에 발가락에
머리칼도 일어서는데

뭐, 아직도 육분(六分)이나 남았다고

그래도 새해엔

칠흑 같아서
사람이 사람을
멀리해야만 해서

살을 에는 추위보다
더 아픈 것이
미워하는 거라고

노을의 황홀함도
잊어버리고
이글거리는 그리움은
추억이 되었나

그래도
새해엔 사랑하자고
그래도
새해엔 웃어보자고

심호흡

크게 들이마시고
천천히
아니 더 더 천천히

그래
아냐 아냐
더 천천히 천천히

누가 쫓아오냐
그려
쫓아와도 천천히

그렇게
심호흡하는 마음으로
둘러봐

아직 세상은 살만하다니까

계절 속에 파묻히어

계절이 달려가는 것
손꼽아 보다 내려놓고
강산이 변한 것도
벌써 몇 번째인지

동틀 무렵 피어나는
아련한 그리움에
도망친 시간 떠나간 사람
원망할 틈도 없어

달아나는 이야기들
스쳐가는 순간
언제일지 모를 그 날에
가슴은 아려오겠지

해탈(解脫)

무거운가 무거워
그럼 내려놔
깔려 버렸어

그럼 죽어 그냥 죽어
죽은 겨
아직 안죽은 것 같아
어때 마지막 숨 넘어갔나

가볍지
깔리느니 다 비우고
내려놓는 겨

바위 속에서 깊은 물 밑에서
하늘 위에서
그예는 허공이 되었나

그랴
굶고 떨고 지랄하다가
마침내 얻는 것이
아기의 미소라잖여

연(緣)

뜻대로 되는 게 아냐
어쩔 수 없는 흐름인 거야
거스를 수도 거슬러서도
되지 않는 것

주인공 되고 싶지 않은 사람
어디에 있어
배역이 그러하니
연기할 밖에

거울 앞에
망연히 서있는 사내
초라한 모습
그게 나라서 서러웠던가

뜻대로 되는 게 아냐
거슬러서도 거스를 수도 없어
오늘도
마음 다잡고 연기하는 겨

떠날 그 때

숨 조곤이
멈춰두고
이제는 떠날 때

피어나는 새싹
산에 피는
진달래

우리 또 다른 만남
준비하나니

이쁜 노래
만들어 퍼트리고자
우리 살며시 떠날 때
바로 그 때

그날엔

그날엔
조용히

그날엔
살며시

미소 짓는 한 조각
구름이라 하소서

내려놓고

어때
내려놓은 느낌은

홀가분하지 않아

이제 됐어
하늘이 비키잖아
구름 좀 봐 떠나잖아

깨달음 그 순간

깨달음 그 순간은
너무도 소중해
꽃비 흩날리지 않아도
행복한 마음

환하게 밝아오는
암흑 끝자락
주저 없이 발을 떼는
흐뭇한 기분이란

걸음걸음 꽃이 피고
순간순간 환희런가
해맑은 아이 되고
부처님 되리니

모두들 그렇다면
말도 많은 이 세상
천국으로 바뀔 텐데

사람 이야기

최요삼

글러브 두 짝 손에 들고
불멸의 고장으로
떠나간 사람

맑은 하늘 어디선가
투혼 담은 펀치를
날리는 사람

괴로운 체중 감량
걱정 없이
살아갈 사람

사각의 링이 펼쳐진 곳엔
어디선가
나타날 것 같은 사람

저 하늘로 날아갔어도
사람들의 기억 속에
살아갈 사람

안중근

그대
몸은 잃었어도
자존만은 지켰었다

그대
스러져 떠나갔지만
불멸의 별이 되어
활활 타오르고 있었다

아침밥 설익을까 고민하던
부뚜막에서
노을이 되어 미소를 짓는
그대를 보았다.

그대
어디에 있는지
체백(體魄)을 찾을 수 없는
후손들은 죄인이다

그러나 그대
게으르고 나약한 후손들을
탓하기 전에

그대 가슴 속

의기(義氣)를 닮은

접시꽃을 원망해라

이태석

해맑은 웃음이 되어
살았던 사람

파고드는 고통에도
미소 지으며
떠나간 사람

사람들 가슴 속에
노래 한 가락 남겨두고
날아올라

어디선가
인생 노래 한 가락
부를 것 같은 사람

가우도 만조

햇볕도 멈추어선
조용한 섬 기슭엔
영랑의 손에서 묻혀낸
온기가 노래한다

물결은 살금살금 미소를 짓고
시간 속에 흐르는 것은
그리움을 흔들어대는
조근 조근한 발걸음이다

아 어디로 가야할 건가
만덕산에서 유배객이
백련사에서 얻어 마신
찻잎의 찌꺼기를 뱉어냈다

묵혀놓은 그리움일랑
자갈 속에
묻어버리라고
바보야 계속 속삭이잖아

조남명

머언 산
몰아치는 기상을
아침부터
해 기우는 저녁까지

아지랑이 맴돌 때부터
폭설 지붕 눌러 앉힐 때까지
휘몰아치는 폭우
줄행랑 놓아도 의연하더니

매화꽃 흩날리던
이른 봄 아침
강 너머
또 다른 산이 되었네

3월 26일

오전 열시
피눈물로 지은
새하얀 우리 옷 한 벌
못다 쓴 동양평화론

미소 띤 사진 한 장
냉기 머금은 교수대
긴장에 숨을 멈춘 동아줄

삼십년
오롯이 나라만을 위했던
뜨거운 의기

안중근 그가 갔다 1910년

일두선생(一蠹先生) 고택(故宅)에 갔다가

까닭 모르게
끌리는 사람이 있다
받지 않아도
고마운 사람이 있다
보지 않았지만
보고픈 사람이 있다

일두선생(一蠹先生)
한 마리 좀벌레라 자호했던
그가 그렇다
보고 싶어 찾아갔더니
다른 벌레가 막아섰다

일두선생
강직한 성품처럼
담장의 높이 너무도 높아
종택의 느낌은 성채와 같다

동향(東向)의 동네 개평마을
큰 산에 의지해
수백 년 세월 올곧은 고집
이 벌레 잠잠해지면
오백년 묵은 한 마리 벌레
구경하러 와야지

산이다 산, 물이야 물(금산사에서)

산 첩첩이 산 첩첩이
성(城) 이룬 절 구석에
아들은 늙은 애비 가두고
정녕 마음 좋았을까

북으로 동으로
전장(戰場) 누비던 늙은 애비
산 첩첩이 산 첩첩이
유폐되어 어땠을까

산이다 산, 물이야 물
산 넘고 물 건너 망명의 설움
미륵전 장육존불 앞에
무릎 꿇어 눈물 훔쳤나

늙은 몸 서러운 걸음
나라 잃은 처량한 신세
마침내는 두 손 펴고
저 하늘로 돌아갔나

산이다 산, 물이야 물

죽주산성(기휜의 독백)

대몽항전
임진왜란
걔네들 한켠에 치워놓고

눈부시게 많았던
영웅호걸
나도 여기 있다니까

명함 만들었다
쓰지도 못했지만
별들의 큰 잔치에
이름만은 남겼다니까

애꾸눈이 빼놓고도
사람은 있었다고
벌떼같이 일어났던
꿈들이 있었다고

영원토록 잊히기 싫은
꿈들이 있었다고

자연, 그리고 문화재

식장산을 바라보며

떠나는 가을이 아쉬워
한 밤을 흰 눈이 뒤덮었다

내려앉은 구름 사이로
솟아오른 식장산엔
호랑이의 포효만 남아있었다

떠나간 그의 여운은
골짜기로 흘러내리고
눈 덮인 식장산은
오늘도 하늘 향해 기지개 켠다

사인암 단상(斷想)

그날
사인암을 물들인 냇가에서
젊은이들은 물로 뛰어들었고
노인들은 하늘 속에서
추억을 끄집어냈다

흐르는 냇물 따라
애기꽃은 새끼를 쳤고
사인암 뒤에서는
나무들이 이불을 폈다

하늘도 졸던 이른 새벽
열려있는 문틈 새로
몰래 샤워하는 산을 보았다
시원스레 뿌려대는 물줄기
쑥스러운 그의 나신

비가 쏟아지는 여름
이른 아침이면
나신의 그 여인은
내 마음의 창문을 두들겨댄다

홍도

룸메이트의 새근거리는 소리보다
옆방 사내 코고는 소리가
더 크게 들리는 곳
그의 세레나데가 그쳐
정적이 흐르면
여관은 일순 시간이 멈춰버렸다

한숨이 길게 품어지는
안도의 순간
홍도 앞바다에선
파도가 살랑거렸고

밤바다 위로
울려 퍼지는
교회의 새벽 멜로디가
산사(山寺) 종소리로 느껴지는 곳

먼 훗날
무심결에 떠올릴 때면
세파(世波)에 흐느적대던
그리움들이
아래위로 머리 내밀고 춤추는 곳

선운사

자연스러운
나무의 너그러움이
단정한 지붕 아래
게으르게 앉아 있다가

이른 봄
상춘객들의
포로가 되어

아침녘
도심의 눈가에서
시나브로 피어나는 곳

남매탑

호랑이를 빼놓고
무엇을 이야기 해

측은지심(惻隱之心)
보은(報恩)

눈 덮인 첩첩 산중에
인적 끊긴 심심산골에
겹겹이 쌓은 것은
구도(求道)의 염원이었지

새싹이 움트는 소리
또 한 해가 살며시 떠나는 소리
나를 버렸기에
천년을 살아왔었네

식장산

삼국(三國)의
할거(割據)하던 이야기도
효자 전설 담은
돌솥의 추억도 살포시 간직하고

굽이쳐 흐르는
웅혼한 자태 속엔
바람에 묻은
호랑이 울음소리만 남아

한밭벌
동쪽 끝자락에
살그머니 웅크리어
마침내는 상징이 되어버렸네

백화산 반야사에서

백두대간의 척추 어디쯤
국토의 뼈마디에 묻혀
풋풋한 살내음도 찾을 수 없으니

깊지 않은데 빠져들고
높지 않아도
골짜기에 숨어 두려워졌다

세조대왕 목욕터엔
뭉게뭉게
삶에 찌든 아픔들이 떠나갔다

부처님이
지친 얼굴에 맺힌 서글픔
당신 옷자락 들어 닦아주실 것 같은

바람 깊은 오후였다

구름 낀 월류봉

달이 며칠씩 묵어도 간다더니
구름 아래 월류봉은
실루엣만 보여줬다

속세에 찌든 소음은 사라지고
바람, 재잘대는 물소리만
월류봉을 휘감고 돌아

저기 봐 저기 봐
물속에도 월류정이 있어
단청은 왜 저리도 고운 거야
잘 봐봐 잘 봐봐
월류봉이 내려앉았어

달님은 얼굴을 내밀다
커튼 속으로 숨었지만
물속에서 미소 짓는
월류정, 월류봉을 어쩌면 좋아

물속에 물위에
월류봉이 쌍둥이인 걸
깊어가는 밤
달님의 귀띔으로 알았어

다시 또 영국사 은행나무

곤룡포를 뚫고 나온 겨
용왕님의 환생여

새파란 하늘 잡아먹을 듯
바짝 쳐든 윗몸은
알알이 벗은 그 몸이
아직도 창피햐

실오라기 한 두 가락은
걸치는 게 예의라지만
네가 행위 예술 춤꾼이라고

뭐 하러 벗어던져
찬바람 슬슬 부는데
감기 걸리면 어쩔라고

뭐

하늘과 땅
토라진 걸 화해시키려
철없이 불어 예는
머리 넘김이 아니고

뒤집힌 속 바로 세우는
처절한 통곡이라고

신성리 갈대밭

바람
거세게 부는 날에 가라
아니면
달 밝은 가을밤에 가라

신성리 갈대밭
강물 옆에서 휘청여도
돌아오는 유연함을
배우고프면

바람
거세게 부는 저녁에
아니면 달 휘영청
미역 감는 가을에 가라

갈대꽃
하얗게 흐드러져
앞 다투어 반기는
달 밝은 가을밤에

신성리 갈대밭 2

할 일
고스란히

사랑할 일
아직 많은데

일각
한 순간도 지체 없이

꼭 나를
데려가야 한다면
한다면

그 때
사랑하지 못한 것을
후회하게 하소서

신성리 갈대밭
나보다
훨씬 키가 컸다

부석사

언덕배기
스산한 절
뿌리 튼실한 사과나무

계단 계단
심어놓은
다문화의 작은 추억

월세는 아닐 진데
아가씨는
단칸방만 고집하고

첩첩이 첩첩이
눈물이야 설움이야
해질녘
하늘과 땅이 몸서리치네

미륵사지 석탑

부처님의 현신(現身)이야
기다림이야
님이 떠난 지 천사백년
짧지 않은 세월

중풍에 걸려서도
버팀은
무슨 한(恨)이 그리 많아
끝끝내는 일어나는 겨

산도 바뀌고
하늘도 변했는데
무엇이 서러워
서있었나

그날 하늘이 열리고
님이 돌아오시면
늙은 몸 벌떡 일으켜
부처님께 절할 텐가

옥천 이지당

냇물 아래는 햇살 속에
소년들 웃음소리
훈장님 기침소리 달려 나오면
우르르 우르르 애기들 몰려올 듯

해묵은 건물 하나 산을 등지고
냇가에 우두커니
냇물이 보내는 햇살을 헤아리네

조중봉 송우암 이름도 거창해
전설들은 어디로들 사라졌을까
베어진 나무 주인 잃은 건물
언제쯤 또 언제쯤

우르르 우르르 애기들 몰려오고
훈장님 헛기침 소리에
갈대들 덩실덩실 춤을 출까
언제쯤 또 언제쯤

백제의 미소 앞에서

천년을 품은 미소
의미를 알 수 있을까
어머니의 얼굴
바로 거기 있는 걸

말없는 편안함
말이 사족(蛇足)이고
아침에 태어난 듯 환한 것은
희디희어서 였네

아침의 미소 저녁의 웃음
서로 다름은
나이 들어 느끼게 되는
삶의 이야기

마애삼존부처님 말씀은 안하시고

부처님이 보고파 용현계곡에 갔더니
마애삼존부처님 말씀은 안하시고
빙그레 웃으시네

넉넉하신 성품처럼 여유로운 표정이야
겨울의 오후 햇살
바쁜 걸음 붙드시고

보살님은 언제까지 내외하실까
외간 남자의 눈길이 부담스러워
고개 살짝 돌리시네

천년의 세월 헤아리면 너무도 짧아
그 시절 추억을 말할 틈도 없이
예 앉아 있었다고

과거와 미래 무슨 말씀을
이렇게 웃기에도 삶은 짧다니까
마애삼존부처님 말씀은 안하시고
웃기만 하시네

정림사지 오층석탑

원작의 감동 오롯이 품고
나이는 묻지 말라네
원하지 않은 서러운 문신
천사백년 긴긴 세월

강건한 모습 부처님의 모습
황폐한 뜨락에도 그저 묵묵히
새싹이 하품하고 눈이 또 쌓여도
헤아리다 다시 지우고

나이는 어렴풋이 짐작해도
얘기하지 않으면 참을 수밖에
마지막 날 목 놓았던 피울음은
잊고 말았나

원조(元祖)의 힘 감동의 세월
새끼 손자 지천(至賤)에 깔려도
흰 눈 쌓이는 그 날엔
누가 뭐래도 정림사지 오층석탑

백제 금동 대향로 앞에서

이게 말이 돼
주조야 단조야
위에서 아래까지
혼을 몽땅 빼놓은 거야

하늘의 닭이
나래를 치면
백제의 미소가 품어져
하늘을 뒤덮고

마침내는
우주 끝에서 퍼덕퍼덕
우리의 소원을
불러 모을 것인가

바닥에 놓인 용의 발가락
눈 돌리면
날아오를 참인지
긴장감에 떨고 있네

거제 해금강 앞에서

선달 바다 얌전한 모습
님 앞에선 쑥스럼이야 부끄럼이야
파도마저 조심조심
요조숙녀 예 계시네

맑은 얼굴 티 씻은 모습
뉘를 위해 단장한 거야
발 씻기는 작은 포말
목욕할 생각일랑 못해봤지만

하늘에 바다에
아니 아니 우리 머리에
녹슬은 기억 엉킨 그리움
녹여낼 수 있을까

번쩍하니 하늘이야
출렁하니 바다야
촛대바위 사자바위
그게 다가 아니라니까

서러웁고 서러운 날엔
십자동굴 안에 들어가
저 하늘 바라보며
원 없이 원 없이 울어보자고

거창 우두산에 갔다가

우두산 출렁다리가
그렇게 좋다길레
구경하러 갔더니

코로나란 녀석
에헴 하며
폐쇄문을 걸어놨네

눈 멀리 눈 멀리
산에 걸린 Y자 다리
사람들 하나 없이
허망하게 서있었네

하늘엔 뭉게구름
산엔 따사로운 볕
우리네 일상은
언제나 돌아오려나

백제 금동 대향로

백제의 미소 살아있고
작은 얼굴 금세라도
말붙일 것 같아
하나하나 들여다보네

오조룡(五爪龍) 발톱은 또 어떻고
한 눈 팔면 내 멱살 휘어잡을 듯
천수백년 힘을 준 발의 긴장
잠시라도 풀어보면 안돼

작은 입으로 물고 있는 건
여의주야 불국정토(佛國淨土)야
연꽃 위에 부처님 말씀
우수수 떨어지네

두물머리에 가면

해질녘 두물머리에 가면
아직 그 사람
그 자리에 있을까

사투리 들킬세라
조심조심 말 건네던 그 사람
그곳에 있을까

아랫녘이야 윗지방이야
따질 일 없는데
망설이고 망설이다
그예는 떠나간 사람

저물녘 두물머리
황금빛 물그림자 위로
그의 여운만
조용히 미소 짓네

직소폭포를 보며

너는
뛰놀지만
나는 구경만 하지

네 뛰엄질
아침부터 저녁까지
쉬질 않아도
나 그냥 웃기만 해

하늘 위로
맨손체조 해야 한다니까
철봉 말아 쥐고
이 땅에 인사 하고 있잖여

내가 시킨 겨
말리고 있었잖여
지가 좋디야 지 맘대로 한디야
그냥 지맘대로여

적벽강에서 채석강을

늙는다는 게 이런 것인가
채석강보단
적벽강이 그리웁고

몇리 떨어진 먼 곳에서
보는 것만으로
흐뭇하기 그지없네

줄포만 갯벌에서
멀리 도망가 버린 해안선
느긋한 게 한 마리

그새 달려온 밀물 밀물
바다는 그리움만 먹고 사는가
적벽강에서 채석강을 바라보네

구례 운조루

남한 3대 길지
금환낙지
다 필요 없다니까

지리산을 등지고
너른 들 섬진강
바라보는 그거여

유식한 말 필요 없고
아흔 아홉 칸 집에
움집 와가 맞는 말여

그래도 이집 주인이
된 사람들인 건
베풀 줄 알았다는 겨

광양 매화마을

지리산 건너다보이는
섬진강 강변마을
우리 정서에 딱 맞는 강변의 모래톱

어느 시인 노래였던가
강물도 멈추어
백사장을 서성이네

매실 심을 생각 어찌 했을까
봄엔 꽃대궐
여름엔 술 익는 마을

홍매 백매
앞 다퉈 자랑하여
상춘객은 시나브로 매화꽃이 된다네

섬진강

갈 테면
해질녘 해질녘
그때 가라

볼려면
어스름 어스름
그때 보라

꿈틀 꿈틀
강물의 용트림
보고 싶으면

저물녘 저물녘
마음 가다듬고
그때에 보라

매화마을 사람들

여기 사람들
무슨 복을 지었길래
멋진 풍광과 더불어 살까

머리 들면 지리산이요
고개 숙이니 섬진강일세
강변의 모래톱은 또 어떻고

이른 아침
태양이 달려오면
강물은 금빛물결 반짝일 테지

봄엔 홍매 백매
서로 다투고
시원한 강바람 속엔 술 익는 소리

여기 사람들
매화원이라 말없이 얘기하네
술 익어가는 매화원

대왕암에서

누가
이곳을 대왕릉이래

누가
바위 속에 능을 만들었대

밀려오는 파도들을 보고서
얘기하라 혀

대왕께선 바다 속에서
웅혼하게 포효하는데

바다가 대왕릉이야
혼(魂)을 뿌려 나라를 지켜냈다고

석굴암 본존불의 입술

이제
말씀하실 시간
되지 않았나요

붉은 입술
살짝 움직여 중생(衆生)
제도(濟度)하시면 안 되나요

벌써
천년이 지났는데
더 기다려야 할까요

당신께서
천년 넘겨 망설이던
입술이 움직이면

그 날엔 우리
웃음꽃이 만발할까요
당신의 입술이 움직이면

감은사지 쌍둥이 석탑

웅혼함을 말한다면
감은사지 쌍둥이 석탑을

당당함을 말하라면
감은사의 쌍둥이를

효심의 산물이야
애국심의 추억이야
바닷물은 떠났어도
쌍둥이는 그대로인 걸

먼 옛날 그들의 얘기
세월 속에 묻었지만
모두 잠드는 깊은 밤이면
쌍둥이는 도란댄다네

활기차던 젊은 날 이야기를

경주 옥산서원

서원의 모양이야
별건 없어도
서원 앞 냇가는 일품이었네

흐르는 물
기이한 바위
서원 앞에선 멈추어 서는가

원생들 머리 식히려
냇가에 발 담그면
경전보다는 시 한 수가 제격이겠지

소슬바람
나뭇가지에 매달려 심호흡하니
독락당 처마에서 쉬어 가려나

운주사 천불천탑

자로 재듯 각 맞춘 것만
예술은 아니었네
하늘 뚫을세라 솟은 게
위대할 수 없다는 것
이기는 게 진실로 승자의 미소였나

작은 게 클 수 있다고
낮아야 높은 곳으로 갈 수 있다고
얕으며 깊은 도 한 자리
넉넉히 넉넉히 헤아릴 수 있다고

비 굳세게 내리고
바람
열에 들뜬 얼굴 세차게 때린 다음에야
누워 계신 부처님 일어나시라
여쭐 수 있다고

거북바위 앞 오층석탑 칠층석탑
부처님 일어나실 때
지팡이 될 수 있다고
누워 계신 부처님 벌떡 몸을 일으키면
세상 시름번뇌 씻어 내실 거라고

보은 삼년산성

새로 쌓은 성곽이 아녀
허물어져 가슴 펴고 노려보는
검게 탄 속이야

담장과 비교를 해
전운(戰雲) 감도는 일촉즉발의 화약이야
칼 한 자루, 창 하나의 전선(戰線)

눈물 왜 없겠어
한숨 삼천 사내 삼년 꼭꼭 울어 옌
나라 통일의 발판인 걸

동네 담장이 아니라니까
배부른 이들의 만용도 아냐
한(恨), 피울음이 쌓은 호국정신의 천년인 겨

제비원 부처님께

부처님
소원 다 들어주신대서
예까지 왔슈

지랄 같은 이 동네도
부처님 대접
깍듯하다 대유

부처님 부처님
역부러 왔슈
부처님께 간구하러 왔당게유

이젠 이젠
웃게만 해주세유
이왕 온 거
입 찢어지게 입 찢어지게

봉정사 극락전

나이 많은 게
자랑일 순 없지만
수덕사 부석사 민낯인데

봉정사 극락전은
단장을 했네
자그만 문, 창살 맞배지붕

고졸한 분위기는
서로가 같아
민낯 그대로인 대웅전

단출한 한 칸 삼성각까지
햇살마저
잠시 앉아 쉬어가네

온달산성

물도 안 나는 이곳에
깊은 산중에
강 건너에선 뵈지두 않어

누굴 보라고 층층이
뉘에게 얘기하려
첩첩이 첩첩이 성을 쌓았나

눈물이야 욕설이야
천년에 또 얼마
몇몇곳 무너져도 성은 그대로

온달장군 바쁜데
자꾸 소환해
돌아가신 후에도 일만 시키네

도산서원

선생님 모신 곳
체취 찾아
많이도 늦게 왔네

도산서당 완락재(琓樂齋)
방바닥 쓰다듬었네
당신께선 뭐라 하실까

서원 구석구석
선생님 모시는데
안볼 수 없는 거지

유물전시관엔
손때 묻은 지팡이
책상과 안석

선생님 닮은 단출한 서당
도산서원 얘기하면
여기부터 떠오를 거야

상왕산 개심사

일 안 풀리고
마음 답답할 땐
상왕산 개심사에서

생각 경직되어
머리 아프면
심검당 부엌 기둥을

아무 조건 달지 말고
멍하니
바람 부는 대로

마음을 여는데
시간 걸리면
심검당 기둥을

마음 활짝 열릴 때까지

서산 마애삼존불께

오늘도
당신의 미소 위안을 받고

내일
이 순간 흐뭇하려니

빛에 반짝이는 당신의 얼굴
가슴에 새겨

가는 길 위에
환하게 밝은 그 빛과 함께

보원사터

오층석탑
승탑 하나 비석 하나
주인 잃은 좌대

바람 잠시 길을 멈추고
햇살 망연히
깨진 기왓장 가지런한 유구

호젓할 때
바로 그 때

붙들려간 그 이는
고향생각 잊었을까
박물관 전시실
말을 잊은 그 사람

금사담(金沙潭)에서

신념이 강하면
고집스럽다고
나이 먹으면 겁나는 걸

좋은 경치
맑은 물 금빛 모래
속삭이는 바람 흰 구름

나 아녀도
된다는 걸
군더더길 수 있다는 걸

그때 정녕 몰랐을까
맑은 물 금빛 모래
정녕 애기 안했을까

부질없는 추억이라고
그 사내
방금 여기 있었는데

부귀편백나무 산림욕장

여름에 여름에
비 그친 여름에
산새소리 바람소리
그리운 여름에

시름번뇌 내려놓고 싶으면
스트레스 벗기고 싶으면

겨울에 겨울에
눈 오는 겨울에
흰 눈 속삭이는 한낮
평화로운 겨울에

칠장사에서

비 그쳐 푸르른 날
신록이 어우러져
사람마저 싱싱하던 날

단청 흐릿한 맞배지붕
연등 사이로
단아해보이고

덜 다듬은 대웅전 기둥
포근히 안아
풍경, 파도치는 하늘에서
열심이던 날

이인(異人)은 정녕
소설 속 이야긴가

불자(佛子)들 자리 비우면
부처님께 제대로
어리광 피우고픈 날

장태산 향연

입 다물라
여기에서 만큼은
벌레소리 산새소리
그것이면 족하다

멈추어라
세상의 찌든 소음
잎새, 바람의 속삭임
그것으로 충분하다

녹색의 향연
꽃들의 움직임도
잠시 멈춘 한낮
이곳에선 햇볕도 사치인가

구름 살포시
내려앉은 오후
행복이 바람을 타고
망중한을 음미하네

작은 이야기

나무

계절을 거꾸로 가는
너는 청개구리

햇볕 따사로운 계절엔
옷을 잔뜩 껴입고
찬바람 불면
알몸을 자랑하는 너

삼라만상의 진리를
온몸으로 익힌 너는
생로병사의 선각자

이른 봄
손끝에 피워낸 연둣빛 그리움을
울울창창하게 키우다가
풍요의 과실과 함께 잠들어간다

도둑비

한밤에 내리는 비는 낭만비
목마른 삶 적셔주는 감로비

한낮에 내리는 비는 쉬어비
짜증난 대지 아우르는 애교비

이른 새벽 슬그머니 오는 비는
도둑비

푹 젖은 감성 부지런한 일상
모르는 체 접어놓고

조용히 다가와 살며시 사라지는
도둑비

습관

너란 놈은 무서운 놈여
잠시만 한 눈 팔면
못 참고 달려들어
앉아 있냐

천관녀 집에서
목베임을 당하던 그 말이
불쌍하지도 않디
달님도 마음 아파
구름 속에 얼굴을 감추었지

너의 죄악은
언제쯤이면 멈출까
콘스탄티노플의 눈물로도
부족한 거야

무심히 손을 뻗다
소스라치는 나는 누구인가
오늘 떠오른 해 내일 다시 찾아오듯
너도 여전히 내 곁을 맴돌겠지

여자의 귀에 속삭이던
그 녀석처럼

비 개인 하늘

파란 바다 위에
출렁이는 파도
하얀 물보라 속에
뛰어들고 싶은 시원한 풍경

새도 물속으로 뛰어 들고파
힘차게 날아오르고
귓전에선
파도소리가 울려 퍼졌다

뭉게뭉게 피어오르는
눈부신 파도
파랗게 투명한 바다

뛰어들지 못하는 안타까움에
눈으로만
호사를 만끽해본다

가을 소묘

철없는 빗방울
난간에 매달려 칭얼대듯
수줍은 태양
서산(西山) 뒤로 숨기듯

여름은 가을의 뒤로
몸을 숨겼다
따사로운 볕 아래
서늘한 바람 옮겨 심으며

매미는 울어대고
농익은 햇살은
잎사귀 위에 앉아있다
얼마나 살아야 이해할까?

하늘이
유난히 깊어
끝 간 데를 못 찾겠네

가을 아침

별도 풍요로워
온유한 미소를 짓고
하늘거리는
나뭇잎마저 연해졌다

푸르기보단 은쟁반처럼
넉넉하게 펼쳐진 하늘
시름번뇌 뒤집어 쓴
마스크도 정겨워라

살며시 다가와
포옹하는 당신이여
아픔 서글픈 사연일랑
착착 접어

떠나간 그에게 조용히 보내주렴

가을은 느낄 새도 없이

따사로운 가을볕
무게에 눌려
나뭇잎은 변해가고

하늘의 깊이에 사무쳐
오후의 그늘도
길어져만 가네

나무 끝을 간지르는
서늘한 바람
새겨 볼 생각일랑 못했는데

어쩌나
가을은 느낄 새도 없이
떠나가 버렸네

단풍비

가을바람은 요술쟁이
흐르는 바람 따라
추억의 뒤안에
쏟아지는 단풍비

형형색색 고운 모습
흘러내리는 단풍비에
마음까지 물들어

하늘에서 땅으로
땅 위에서 저 하늘로
가슴속 깊이까지
파고드는 단풍비

아
흠뻑 젖은 햇님은
어떤 그리움의 편지를 쓰려나

출근길 태양

깊은 가을
떠오른 태양은
커다란 은행열매

파도치는 은행나무
짙노란 물결

춤추는 파도 속에
너는 왜
공중에서 웃고 있니

마침내는 잊었다구요

진저리치는 이야기여서
잊었다구요
애타게 졸랐었지만
잊었다구요

덧없는 나이
잊는 게 말이냐고
근데 참 기막히게
잊었다구요

싯누런 은행잎모냥
그래 그래
서러웁게 눈물 흘리며
잊었다구요

은행잎들 갈 곳 없어
가여운 날에
네 발길 걸리던 것이
말 못하고 울어 예던 내 시체인 걸

하염없이 망설이다
마침내는 잊었다구요

가을의 추억(追憶)

눈부시게 샛노란 은행잎
바람에 제 몸 맡겨
어디로 가나

파란 하늘 구름도 없어
저 하늘로 돌아가기
참 좋은 날
하늘에 미련 남긴 은행잎 하나

겨울하늘

겨울
오후의 하늘은
푸르고도 푸르러

숨죽인 햇살
길을 멈춘 바람
어우러져 나뒹굴었다

하늘
푸르름의 깊이는
몇 뼘일까

나뭇가지에 매달려
졸고 있는 바람
그 아래 흩어지는 햇살
깨어진 나이테

겨울 새벽노을

얼마나 깊이 있었기에
시간마저 얼어 떨고 있는가

쩍쩍 갈라진 하늘
불타는 비단 널어 녹일 판인가

숨방울도 얼어붙은
겨울 속 새벽노을

얼마나 사무쳤기에
하늘조차 불이 붙어 타오르는가

타오르는 하늘에
내 마음도 타올랐네

아침 하늘

잔잔한 바다
슬그머니 떠있는
작은 섬 두 세 개

홍조 띤 바닷물
가물가물한 섬

누구를 연모해
저렇게 달아올랐나

마음 그대로 보여준다면
머지않아
청첩장도 날아오겠지

동지(冬至) 새벽

심연(深淵) 끄트머리까지
빠져들고 빠져들어도
발끝에 마음 끝에
무어라도 닿는다면

개구리모냥 웅크리어
당겨진 시위처럼
저 물 밖으로
튕겨져 나가리

지극한 어두움
처절한 한파(寒波)
감당할 수 있을까
동지(冬至) 새벽

쪼개지는 아픔
통렬한 고통 참으며
살그머니 끄집어 낸
한송이 희망

겨울바람

애 성깔 보통 아님은
전부터 알았지만
지난 밤 심술에
두 손 두 발 다 들었네

나이 들면 순해지는 게
세상의 진리인데
날이 갈수록 표독해져
아침문 열면 할켜진 하늘
바둑이 된 땅의 몰골
또 어찌 봐야 하나

애 순화시킬 교육장은
마련되지 않았나
햇볕 따사롭게 쬐어야
토라진 얼굴 풀리려나

지난밤 심술에 나도 지쳐버렸네

입춘(立春)

아직 겨울이라고
아직 추워야 한다고
바리바리 두툼한 옷
치울 생각 말라고

내가 이 땅이
그렇게 사랑스러운가
설원(雪原) 하얀 풍경
그리운 사람 있었나

그래도
추운 날씨 사이로
고개 든 아이 있으니
쑥스러운 이야기 있으니

자귀질하는 밤

군더더기 기름기
모두 찍어내

반듯한 촛대 하나
깎아낸 다음

환하게 밝힌 밤
꼬박 새워

고운 님 오시기를
기도하리라

봄이 오는 소리

산에
분홍빛 그리움이
피어나더니

길가에
노란색 화사함이
미소 짓네

나뭇가지 끝으로
고개 드는
연둣빛 궁금증들

봄이 오는 소리가
궁금증들을
흔들어 깨우는 걸까

흰 구름 머물러

비 시원하게
목마른 땅 해갈시킨 뒤

떠나기 아쉬워
막내구름 남겨 놓았네

처마 밑 풍경(風磬)
물속인 양 착각하여 춤을 추고

산 속의 동네 흰 구름 머물러
선경(仙境)인가 헷갈렸네

2021.03.28. 김은미님의 사진에서 착상한 시임.
(김은미님은 지인의 가족 친구 분이라 함.)

호랑이 장가가는 날

하늘에 해 환하게 떠있고
하늘 한켠 흰 구름 멀쩡한데
까닭 없이 비는 왜 오는 겨
호랑이 청첩장 없이 장가가나

알았다
우리 땅에 멸종됐다고
어떤 사람이 헛소리한 겨
살아있으니 장가도 가겠지

호랑이 장가가는 날
축의금은 못해도 흙비 내린다
투덜대진 말아야지
호랑아 호랑아 우리나라 호랑아

너는 너는
아들딸 많이 낳아
자손만대 번창해라
호랑아 호랑아 우리나라 호랑아

시집을 내며

| 시집을 내며 |

아마 작년 가을이었을 겁니다. 시인들 몇몇이 가볍게 술 한잔하는 자리에서 선배 시인 한 분께서 활자화 된 시는 돌이킬 수 없으니 퇴고를 철저히 한 후에 내놓아야 한다고 재삼 강조했었습니다. 그러나 솔직히 그때는 그 말씀의 의미를 간과했었습니다.

십대에 아버지를 여윈 제가 여기까지 온 것은 오로지 우리 어머니 희생 덕분이었습니다. 우리 어머니 1928년 1월생이시니 꾹꾹 누른 아흔넷입니다. 어머니 생전에 당신 손에 들려 드리고 싶어 부끄러운 낙서 박박 긁어 한권 모았습니다.

우리 문예마을 회장님께 평론을 부탁드리고 약간의 시간이 지난 어느 새벽 이 책을 진짜 내야 하나 하는 불안감이 엄습했습니다. 이제 겨우 문제점들이 보이는 시원찮은 제 낙서들을 감히 활자화시키기는 진실로 창피하지만 우리 어머니 생전에 그냥 한권 만들기로 했습니다. 우리 어머니께 사랑한다고, 존경한다고 온 마음 담아 여쭈어 봅니다.

바쁘신 와중에도 낙서 전체를 손봐주시고 지도해주신 우리 문예마을 조두현회장님께 감사의 말씀을 드립니다.

2021년 9월

담하재 임유택

해설

현대 선비의 시선으로 본 세상

'다 버렸기에 가난하여서'를 손에 들고

1. 문을 열며

거센 폭풍우 몰아 닥쳐
나무를 뽑아 던져도
벼락 하늘을 가로 질러
온 땅을 깨부숴도

호수엔
물결하나 일지 않았다

꽃들이 피고 지고
동장군이 달려들어도
호수는 아련한 물빛처럼
고요할 뿐 이었다

대지를 찢는 지진에도
세상 초토화 시키는
불길 위로도

호수는 흔들림 없이 평화로웠다

다 버렸기에 가난하여서

호수는 영원한 젊음을 간직할 수 있었다

– 다 버렸기에 가난 하여서 – 전문

한 편의 글은 그 글을 쓴 작가이다.

글은 곧 작가의 얼굴이요, 마음이요, 인품이 담겨있다.

독자는 굳이 그 작가를 직접 만나지 않고, 그 글을 읽기만 하여도 그 작가의 모든 것을 알 수 있는 것이다. 그것은 아무리 뛰어난 작가라 하더라도 작가의 내면 깊은 곳에서 우러나오는 본심을 거짓으로 바꿀 수 없기 때문이다.

위 글은 담하재 임유택 시인의 '다 버렸기에 가난하여서' 의 전문이다.

거센 폭풍우가 밀려와도, 대지를 초토화 시키는 지진에도 호수가 고요한 것은 '다 버렸기에 가난하여서' 라고 이야기한다. 폭풍우와 지진 등 자연현상과 고요한 이미지의 호수를 빌려와 자신의 속마음을 드러내고 있다.

인간이 한 평생을 살아가는 동안에는 시간과 장소를 막론하고 견디기 힘든 상황이 언제나 상존한다. 우리들은 참기 힘든 어려움을 이겨내며 한 평생을 살아야 하는 것이다. 이런 상황에서 마음이 편안하고 고요함을 유지해야 하는 것은 얼마나 어려운 일인가. 임유택 시인은 호수가 고요하고, 평화롭고, 영원한 젊음을 간직할 수 있는 것은 '다 버렸기에 가난하여서' 라고 이야기 한다. 고요하지 못하고, 평화롭지 못한 이유는 버리지 못하기 때문이라고 이야기 하고 있는 것이다.

임유택 시인의 아호는 '담하재' 이다.

석양에 지는 노을을 바라보며 세월을 보낸다는 의미다.

아직 오십대에 머무르고 있는 임유택 시인이 험난한 세상에서 힘든 세월을 보내기 보다는 좀 더 여유 있고 고요한 삶을 살기를 바라는 마음의 표현이다.

이것은 시인의 글에서 뿐만 아니라 시인의 모습에서도 찾아 볼 수 있다. 언제나 개량 한복을 즐겨 입고, 나이에 걸맞지 않게 흰 머리를 하고 다니는 시인의 모습에서 옛 선비의 깊은 맛을 느낄 수 있다. 임시인의 언행은 정중하며 언제나 신중하다.

이제 담하재 임유택 시인의 시 세계로 들어가 보자.

2. 임유택 시인의 시 세계

임유택 시인의 시는 제한된 소재를 대상으로 한 것이 아니다. 그의 시의 세계는 인간과 자연, 철학과 문화까지 광범위하게 포함 되어 있다. 이것은 세상에 대한 시인의 관심이 얼마나 넓으며, 얼마나 깊은 시심을 갖고 있는지를 여실하게 보여주고 있는 증표이다. 그의 시에는 삼라만상이 살아 있다.

'잠시 쉬고 싶어/땅 위로 내려 온 거야/내 눈은 먹이를 찾기 위해/부릅뜨고 있곤 하지'

// 다시 날기 위해/ 등걸에 앉아 있을 뿐/(중략) // 나는 지금/

죽은 게 아니야/(중략)//나를 움츠린 매라고/ 생각하지 말아 줘(중략)//

위 글은 시인의 '송골매 박제를 선물 받고서' 의 일부이다.

박제된 것들은 무엇이든 살아 있을 때와 모양은 같아도 생명력을 상실한 것들이다.

이것은 비단 동물들뿐만 아니라 인간의 마음도 여기에 해당된다. 박제가 된 것은 무엇을 막론하고 본질은 없어지고 껍데기만 남아서 본래의 활력을 잃고 경직되거나 정체되기 마련이다.

그러나 임유택 시인은 선물로 받은 '박제된 송골매' 에 생명력을 불어 넣는다. '잠시 쉬기 위해, 다시 날기 위해, 죽은 게 아니야' 의 언어를 사용하여 박제된 송골매에 숨을 불어 넣고 이렇게 노래한다. '힘차게 날갯짓하고자/펼치고 있어' , 영원의 세계를 날기 위해/쉬고 있을 뿐 ',' 나래를 펄럭이는 날엔/환희에 찬 세상이 펼쳐질 테니 '이렇게 시인은 죽어 있는 것들에게 생명을 불어 넣고 그들이 죽음을 극복하고 원래의 모습으로 돌아오기를 희망한다. 이런 마음이 어찌 박제된 동물에게만 있겠는가. 우리 인간들도 나이가 들면서 몸과 마음이 박제가 되는 것을 쉽게 알 수 있다. 시인은 이미 많은 부분 박제가 되어있는 자신과 우리들에게 활력을 불어 넣어 우리들의 삶을 윤택하게 하려고 하는 것은 아닐까?

시인의 또 다른 시에서도 시인의 그런 마음을 읽어 볼 수 있다.

언제였는지 몰라

너를 사랑했던 나날들이

추억은 도망쳐 버리고

꿈은 희망 속으로 숨었지만

어디에 있는지 몰라
너를 사랑했던 그리움들은
슬픔은 흘러가버린
지난날 속에 묻혔지만

그래도
속삭이는 건
그리움이란 이름을 가진
키 작은 아이

– 꿈에서 깨어나 – 전문

시인의 고향은 충청남도 보령이다. 2남4녀중 막내로 태어난 시인은 천안에서 학교를 다녔다. 여러 형제들 틈에서 막내로 태어나 사랑을 많이 받고 성장한 시인은 언제나 편안한 얼굴에 미소가 그치지를 않는다. 이제 중년이 된 시인은 삶의 희노애락을 거치고 이제 그가 바라는 고요한 마음에 머무는 듯하다.

위에 보이는 시는 임시인의 '꿈에서 깨어나' 의 전문이다.

이 시에서 시인은 '너를 사랑했던 나날들이 언제였는지 모른다' 고 노래하며 추억도 사라져 버리고 슬픔도 흘러가버렸다고 이야기 한다. 그래도 아직 그리움 한자락 간직하고 삶을 보내고 있다. 어느새 어른이 되어버린 시인은 지난한 지난 시절을 모두 지워버리고 키 작은 어린아이를 동무 삼은 것이다. 이것은 '다 버렸기에 가난하여서' 에서 보여주는 것처럼 성년시절의 다사다난했던 시절을 넘어 평화롭고 고요한 마음이 된 것인지도 모른다.

비워서 고요해지는 시인의 마음은 다음 시에서도 엿 볼 수 있다.

> 어때
>
> 내려놓은 느낌은
>
> 홀가분하지 않아
>
> 이제 됐어
>
> 하늘이 비키잖아
>
> 구름 좀 봐 떠나잖아
>
> – 내려놓고 – 전문

시 '내려놓고' 에서는 비움으로써 얻는 고요와 평화를 단순하면서도 강렬하게 이야기 하고 있다. 모든 것을 손에 붙들지 않고 놓아 주면 짐을 더는 것이고, 짐을 덜면 가벼워지는 것은 자연의 이치이다. 시인은 생각하기는 쉽지만 실천하기 어려운 비움을 통하여 자신을 옥죄고 있던 사슬을 풀어 버리고 자유인이 되는 것이다. 시인은 그 상태를 이렇게 말한다. '이제 됐어/하늘이 비키잖아/구름 좀 봐 떠나잖아' . 모든 것을 버린 대 자유인이 갖는 그 마음 상태를 어렵지만 간략한 몇 개의 단어로 이야기 한다.

시인의 세상을 보는 시야는 단순하게 버림과 비움, 그럼으로써 얻는 고요와 자유에만 머무는 것은 아니다. 시인은 한 시대를 풍미한 인물들을 통하여 시인의 마음을 전하고 있다.

그대

몸은 잃었어도

자존만은 지켰었다

그대

스러져 떠나갔지만

불멸의 별이 되어

활활 타오르고 있었다.

– 중략–

그대

어디에 있는지

체백을 찾을 수 없는

후손들은 죄인이다

– 중략–

그대

의기를 닮은

접시꽃을 원망해라

위 시는 임유택 시인의 '안중근' 의사에 대한 시이다.

임유택 시인은 일견 보기에도 우리가 잘 알고 있는 안중근 의사를 닮았다. 단정하고 짧게 깍은 머리와 갸름한 얼굴, 약간 쌍꺼풀진 눈썹도 안중근 의사를 닮았다. 필자는 임유택 시인을 처음 본 순간부터 어디선가 많이 본 느낌을 받았고, 임유택 시인이 우리나라의 인물들을 존경하는 것을 알고 나서 그가 안중근 의사를 외모부터 많이 닮았다는 것을 알았다. 이 시에서 임유택 시인은 '그대/몸은 잃었어도/자존만은 지켰었다' 고 말하며 조국을 위해 기꺼이 몸을 바친 안중근 의사를 높게 평가하고 있다. 그는 이어서 '그대 스러져 떠나갔지만/불멸의 별이 되어/활활 타오르고 있었다' 라고 안중근 의사가 우리 민족에게 미치고 있는 정신적인 영향력을 찬양하고 있다.

임유택 시인이 우리들에게 많은 감명을 준 사람은 안중근 의사에 머물지 않는다.

다음은 이태석 신부에 대한 시를 보자.

해맑은 웃음이 되어
살았던 사람

파고드는 고통에도
미소 지으며
떠나간 사람

사람들 가슴에
노래 한 가락 남겨두고
날아올라

어디선가
인생 노래 한 가락
부를 것 같은 사람

이태석은 가톨릭 신부이며 의사였다.

'울지 마 톤즈' 라는 영화의 주인공으로 잘 알려진 요한 세례자 이태석 신부는 아프리카의 케냐와 수단에서 열악한 환경을 극복하며 빈민구제에 일생을 바친 의료인이자 수도자였다.

임유택 시인은 이태석 신부를 불러와 이태석 신부의 이상과 자기희생을 높게 평가 하면서 은연중 자신이 닮고 싶은 사람으로 모델링 하는지도 모르겠다. 어려운 환경에서도 자신보다 못한 사람들을 위하여 온갖 고통을 견디면서도 행복한 사람! 진정 위대하고 존경 받을 가치가 충분히 있는 것이 아닌가. '해 맑은 웃음이 되어 살았던 사람/파고드는 고통에도 미소 짓는 사람/사람들 가슴에 노래 한 가락 남겨두고 떠나간 사람' 우리들 가슴에 영원한 아름다움을 새기고 떠난 사람을 임유택 시인은 추모하고 있는 것이다. 뛰어난 인물들에 대한 임유택 시인의 관심은 여기에서 머물지 않는다. 우리가 잘 알고 있는 권투선수 '최요삼' 을 노래하며, '글러브 두 짝 손에 들고 /불멸의 고장으로/떠나간 사람- (중략) -/저 하늘로 날아갔어도/ 사람들의 기억 속에/ 살아갈 사람' 이라며 최요삼의 불굴의 투지를 찬양하고 있다. 그런가 하면 조선 중기의 문신이며 학자였던 남명 조식에 대해서는

머언 산/몰아치는 기상을/아침부터/해 기우는 저녁까지//아지랑이 맴돌 때부터/폭설 지붕 눌러 앉힐 때까지/휘몰아치는 폭우/줄행랑 놓아도 의연하더니//매화꽃 흩날리던/이른 봄 아침/강너머/또 다른 산이 되었네. 라고 노래하며 혼탁한 세상에 물들지 않고 유유자적 자연 속에서 선비정신을 잊지 않고 한 생을 살고 간 남명을 그리고 있다.

이렇듯 임유택 시인은 그가 세상을 바라보는 시선를 어느 한 곳에 한정하지 않고 가없는 시재(詩材)를 통하여 세상 곳곳을 들

여다보고 있다.

그 중에 또 다른 하나의 세상이 문화유산에 대한 임유택 시인의 절절한 마음이다. 그는 여유 시간이 있을 때마다 자연과 가까이 하기 위하여 노력하며, 문화유산을 찾아 여행을 한다. 이런 습관은 하루 이틀에 이루어 진 것이 아니고 오랜 시간동안 길들여져 온 자기 수양의 길인 것이다. 그는 이 시집에서 많은 문화유적지를 방문하고 그 소감을 시로 표현 하였다.

'선운사, 남매탑, 마애삼존불, 정림사지 오층석탑, 백제금동대향로, 운조루, 대왕암, 운주사 천불천탑, 보은의 삼년산성, 온달산성, 도산서원, 칠장사' 등 우리들이 일반적으로 잘 알고 있는 유적과 우리가 잘 알지 못하는 유적을 쉼 없이 찾아보며 그에 대한 관심을 수준 높은 글로 그 정신을 표현하고 있다.

그의 시 '선운사' 에서 시인은

'자연스러운 나무의 너그러움이 게으르게 앉아 있다가, 이른 봄 상춘객의 포로가 되어, 도심의 눈가에 시나브로 피어난다' 고 하며 선운사의 아름다움과 고요함이 바쁜 속세를 사는 우리네 일상을 편안하게 하는 것을 노래하고 있다. 또한 '남매탑' 에서 시인은 계룡산 남매탑에 얽힌 전설을 불러와 求道(구도)의 염원을 이야기 하고 나를 버렸기에 천년을 살아왔다고 하며 비우고 살아가기를 염원하고 있다. '마애삼존부처님 말씀은 안하시고' 에서 시인은 '부처님이 보고파 용현계곡에 갔더니/마애삼존부처님 말씀은 안하시고/빙그레 웃으시네 – 중략– 과거와 미래 무슨 말씀을/이렇게 웃기에도 삶은 짧다니까/마애삼존부처님 말씀은 안하시고/웃기만 하시네' 라고 노래하고 있다. 생각해보면 덧없이 흘러간 세월! 과거와 미래를 굳이 말해 무엇 하랴. 그냥 빙그레 웃는 것이 어쩌면 우리 삶의 정답이요 그것이 곧 해탈일지도 모르는데. 아직 중년을 넘지 않은 임유택 시인의 성숙한 정신세계를 엿 볼 수 있는 글이다. 그런가 하면, 백제 멸망의 한을 품고 있는 '정림사지 오층석탑' 에는 ,당나라 소정방이 새긴 문자를 '원하지 않은 서러운 문신' 이라고 하며 망국의 한을 이야기 하고 있지만, 그래도 세상이 잠들고 새하얀 눈이 삼라만상을 물들이는 그 날의 정림사지 오층석탑은 최고라고 추켜세우고 있다.

백제의 찬란한 문화를 더욱 빛나게 하는 '백제 금동 대향로' 에서 시인은 , '백제의 미소 살아있고/작은 얼굴 금세라도/말 붙일 것 같아/중략/ 한 눈 팔면 내 멱살 휘어잡을 듯/중략/연꽃 위에 부처님 말씀/우수수 떨어지네. 라고 하며 대향로가 마치 살아 숨쉬는 것처럼 묘사하고 있다. 임유택 시인의 문화유산에 대한 관심도 어느 한 부분에 치우쳐 있는 것이 아니다.

불교와 관련된 문화 외에도 임유택시인은 다양한 문화재를 그의 품으로 안으며 사랑을 준다.

임유택 시인의 또 다른 시 '구례 운조루' 를 보자.

조선조 영조 52년에 지어진 '운조루' 는 금환낙지 형세로 호남 3대 길지에 속하는 양반고택이다. 운조루는 99간의 대 고택으로 '운조루' 라는 이름은 이 고택의 누마루가 있는 사랑채의 이름이다. 이 시에서 임유택 시인은 '남한 3대 길지/금환낙지/다 필요 없다' 라고 하며 크고 거창한 외양과 고택에 따르는 전설 등은 아무런 의미가 없다고 한다. 그러면서 이 저택이 훌륭하게 사람들에게 회자되는 것은, '그래도 이 집 주인이/된 사람들인 건/베풀 줄 알았다는 겨' 라며 이 고택의 주인이었던 류 씨들이 다른 사람들에게 베풀 줄 아는 것이라고 칭찬하고 있다. 여기에서 임시인의 마음가짐을 알 수 있다. 임시인의 눈은 근래 들어

세계문화유산에 등재된 서원에도 자연스럽게 향하고 있다. 어쩌면 임 시인의 이런 시선은 너무나 당연한 일일 것이다. 시인의 말과 행동, 심지어 외양까지도 옛 선비를 보는 듯 한데 그의 마음이 어찌 선비들 산실이었던 곳으로 향하지 않겠는가.

'경주 옥산서원' 에서 시인은

'중략' //흐르는 물/기이한 바위/서원 앞에선 멈추어 서는가/중략/경전보다 시 한 수가 제격이겠지//소슬바람/중략/독락당 처마에서 쉬어 가려나 '경주 옥산서원은 동방6현의 한 분으로 추앙받고 있는 회재 이언적 선생의 학문과 덕행을 기리고자 건립된 서원이다. 시인은 글에서 '경전보다는 시 한 수가 제격이겠지'. 소슬바람/독락당 처마에서 쉬어가려나' 라며 선비의 풍류와 서원의 고즈넉함을 노래고 있다. 또한, 조선 선조 7년(1574)에 퇴계 이황의 학덕을 기리기 위하여 창건되었고, 선조에게 편액을 받아 사액서원이 된 '도산 서원' 에서 시인은 늦게 찾아 온 것을 자책하며 선생께 한 마디 들을까 걱정한다. 그러면서도 여기저기 구석구석 보고 만지며 선생의 체취를 느껴본다. 그러나 그중에서도 선생을 닮은 단출한 서당을 가장 깊은 인상을 받은 곳이라 노래하고 있다. 이 또한 임유택시인의 마음이요, 그의 글이 선비정신으로 우리에게 다가 오는 이유이기도 하다. '옥천 이지당' 에서는 지금은 사라져 버린 옛 일들을 기억하고 지금은 볼 수 없음을 아쉬워하고 있고, '일두선생 고택에 갔다가' 에서는 조선시대 대표 유학자였던 일두 정여창 선생의 학문과 덕행을 보고자 갔지만 높고 높은 담벼락에 가로막혀 제대로 볼 수 없었음을 개탄하고 있다. 이렇듯 임유택시인의 시는 다양하고 다채로운 대상을 시재로 삼아 시인의 마음을 표현하며 그의 시 세계를 마음껏 드러내고 있다.

한 평생을 살면서 우리는 이러저러한 이유로 이리 기고 저리 밀리며 정신없이 살아간다.

그러다 보면 어느새 다람쥐 쳇바퀴 돌듯하게 되고 어느새 삶은 지루하고 우울한 일상이 되어버린다. 그러나 우리가 하루 중 잠깐이라도 시간을 내서 새로운 것을 시도 해 본다면 우리들의 일상은 활력이 넘치는 즐거운 시간이 아니겠는가.

임유택 시인은 참으로 다양한 시야로 사물을 보며, 그것을 보는 시각이 관념에 머무르지 않고 실제로 그 장소, 그 대상을 눈으로 보고, 손으로 만지며 그가 그리고자 하는 대상의 모든 것을 몸소 체험하는 것이다.

그의 시선이 머무는 또 하나는 옛 선비들 뿐만 아니라 현대인들도 즐겨 찾는 자연이다.

시인은 우리나라 곳곳의 자연을 벗 삼고 그에 대한 아름다움을 노래한다.

그의 시 '나무' 를 보자.

'계절을 거꾸로 가는
너는 청개구리

햇볕 따사로운 계절엔
옷을 잔뜩 껴입고
찬바람 불면
알몸을 자랑하는 너

삼라만상의 진리를

온몸으로 익힌 너는

생로병사의 선각자

이른 봄

손끝에 피워낸 연두 빛 그리움을

울울창창하게 키우다가

풍요의 과실과 함께 잠들어간다

– 나무 – 전문

시인은 나무를 말을 듣지 않는 청개구리에 비유했다.

참으로 재미있는 표현이다. 나무와 청개구리를 동일시하며 그의 속에 있는 마음을 풀어내는 것이다. 청개구리는 동으로 가라면 서로 가고, 낮은 곳에 머무르라고 하면 높은 곳에 머무는 말썽꾸러기이다. 그런 청개구리에 나무라. 하기야 곰곰 생각해보면 나무가 청개구리를 닮은 점도 많이 있다. 여름에 벗는 것이 아니라 옷을 더 두껍게 입고, 반대로 겨울에는 옷을 벗는다.

그러나 나무가 여기에 머무는 것은 아니다. 계절이 오고가면 나무는 그 때마다 무슨 일을 해야 할지 알고 있다. 자연의 법칙을 벗어나지 않는다. 이것은 세상 만물의 순리다. 그리고 인간이 따라가야 할 길이기도 하다. 어쩌면 시인은 나무를 통해서 우리들에게 가르침을 주려는 것은 아닐까? 그래서 시인은 '울울창창하게 키우다가/풍요의 과실과 함께 잠들어 간다.' 라고 이야기 하고 있다. 이렇게 시인은 자연을 빌려와 인간을 이야기 하며 마음을 성숙시켜 나간다. 시인은 그의 시 '번개' 에서는 '쭉쭉 뻗는 호쾌한 기상/ 거칠 것 없는 모습이 아름다워라' 라고 노래하며, 세상의 모진 풍파를 아랑곳하지 않고 거침없이 살아가는 '자유로운 존재' 를 예찬하고 있다. 이어서 '세상의 묵은 때를 씻겨 내리니/네가 있어 자연은 풍요로워라' 라고 하며 왜곡된 현실과 그 안에서 온갖 권모술수로 살아가는 인간군상 들에게 일침을 가하고 있다. 그리고 '시원스레 내달리는 너의 모습은/낮보다는 깊은 밤이 제격이겠지' 라고 글을 맺는다. 낮에 치는 번개는 낮의 밝음 때문에 그 존재가 두드러지게 드러나지 않는다. 그러나 밤에 치는 번개는 주위의 어두움 때문에 번개의 존재가 확연하게 드러난다. 그리고 그 영향은 낮보다도 훨씬 더 많이 주위에 미친다. 혹시 시인은 부정하고 타락한 현실에서 선비 정신을 추구하는 자신을 번개에 빗대어 말하고 있은 것은 아닐까? 임유택 시인의 첫 번째 시집인 '다 버렸기에 가난하여서' 에는 폭 넓은 시선으로 다양한 시재(詩材)에 생명을 불어 넣는 것은 우리는 볼 수 있다. 시인이 존경하는 인물들이 그렇고, 높은 관심으로 시간이 될 때마다 찾아가는 문화유적과 문화유산이 그렇다. 그러나 그중에서도 그의 이번 시집에서 가장 많은 비중을 차지하고 있는 대상물이 바로 자연이라고 할 수 있다. 앞에서 살펴 본 두 편의 시 외에도 '홍도, 가우도 만조, 식장산, 가을 아침, 신성리 갈대밭' 등을 비롯하여 봄, 여름, 가을, 겨울 등 사계절을 노래하고 있다. 평소에 우리들이 익히 잘 알고 있지만 그냥 스쳐버리는 그런 자연의 대상물을 소재로 삼아 그의 마음을 보여주고 있다. 그의 시 '홍도' 에서 시인은 바다 한 가운데에서 느끼는 정적과 너와 내가 없는 일체감, 그리고 속세에서 마음의 평화를 얻기 위한 방편을 이야기하고, 그의 시 '식장산' 에서는 산에 얽힌 전설만 남아 이제는 세월의 무상함을 느끼게 하고 있다. '가을의 추억' 에서 시인은, '눈부시게 샛노란 은행잎/바람에 제 몸 맡겨/어디로 가나//파란 하늘 구름도 없어/저 하늘로 돌아가기 /참 좋은 날/하늘에 미련 남긴 은행잎 하나' 라고 인생의 덧없음을 노래하기도 하고, '겨울바람' 에서는 '얘 성깔 보통 아님은/전부터 알았지만/지난 밤 심술에/두 손 두 발 다 들었네/중략/지난 밤 심술에 나도 지쳐버렸네' 라고 말하며 고치기 어려운 본성을 토로하고 있다. 시인의 자연에 대한 마음가짐은 때로는 자연의 위대함을 우러러보기도 하고, 때로는 그들 속에서 하나가 되기도 한다. 그런가 하면 자연을 있는 그대로 받아들여 거짓 없는 그들의 본질을 사랑하고, 그들과 이해하기 위하여 노력한다. 또한 이런 그의 마음을 구수한 사투리로 함께 생명을 불어 넣어 시의 생생함을 더 한층 높이고 있다. 그의 시 '직소폭포를 보며' 에서 시인은 '중략/네 뛰엄질/아침부터 저녁까지/쉬지 않아도/나 그냥 웃기만 해 '라고 말한다. 폭포가 쏟아지는 모양을 뛰엄질로 가져 온 것도 재미가 있지만, 그런 모습을 종일 바라보고 있으면서도 질리지도 않고 그냥 웃기만 하는 시인의 모습이 철부지 어린아이를 떠 올리게 한다. 그러면서 '지가 좋디야 지 맘대로 한디야/그냥 지맘대로여' 라고 말한다. 이것은 시인의 말을 듣지 않아서 기분이 언짢은 것이 아니라, 그럼에도 불구하고 그것을 용서하고 안아주고 있는 것이다. '광양 매화마을' 에서는 '중략/홍매 백매/앞 다퉈 자랑하여/상춘객은 시나브로 매화꽃이 된다네. 라고 꽃과 인간, 아니 자연과 인위적인 것을 하나로 승화시키고 있다.

임유택 시인은 이밖에도 자연의 여러 대상물을 가져와 그의 시심을 노래하고 독자들에게 많은 가르침을 선사하고 있다.

임유택 시인의 시심은 여기에 머물지 않는다.

그는 시인 자신의 내면과 현실의 부조리를 그의 시선을 통해서 통찰하고 있다.

'삶' 이란 그의 시에서,

> 그것은
>
> 먼 훗날 생각해 보면
>
> 후회와 원망의 작은 결정체

우리 인간의 삶은 무엇일까?

사전적인 의미로 보면, 삶이란 '우리가 태어나서 죽는 순간까지의 일' 이라고 정의하고 있다.

언뜻 보면 삶을 간단한 몇 개의 단어로 정리 할 수 있겠지만, 조금만 더 깊이 들여다보면 그 세계는 바다와 같이 넓고, 우주와 같이 깊다. 우리들 인간의 부족한 머리로는 삶의 언저리도 들여다 볼 수 없다. 그러나 우리는 삶이라는 명분으로 하루하루를 보낸다. 그 삶이라는 시간 속에서 우리는 희노애락, 백팔번뇌를 겪는다. 그것은 기쁨보다는 슬픔이 많고, 아름다움보다는 추함이 많다. 정도는 개인마다 다르지만 어느 정도는 모두가 인정하는 바이다. 그렇다고 해도 우리 개개인은 순간순간의 삶이 기쁘고, 아름답기를 바라며 자신에게 주어진 여건에서 최선을 다한다. 그러나 먼 훗날, 그때를 돌아보면 거기에는 어쩔 수 없는 수많은 회한이 남아있다. 시인이 말하는 바와 같이 '그것은/먼 훗날 생각해 보면/후회와 원망의 작은 결정체' 인 것이다.

이렇게 시인은 본인의 시 여러 편에서 인간의 삶과 고뇌에 대해 이야기하고 있다.

시인의 시 '깨달음' 에서, 중략/아는 이에겐 기쁨이요/얻지 못한 이에겐/어두운 밤 방황케 하는/고난의 여로' 라고 스스로 토로하고 있다. 그만큼 삶이라는 과정이 힘들고 고통스러운 길이라는 것을 이야기하고 개개인이 노력하여 밝은 세상을 지향하라고 채근하는 것은 아닐까?

또한, '고려장' 이라는 시에서는 옛적 고려장을 대상물로 삼아 현대판 고려장을 풍자하여 현실의 냉정함과 어머니의 아픔을 드러내고 있다. '중략/옛사람 고려장 풍습/이 땅에 다시 살아나/어머니 모시고 차를 몬다네./중략/-옷가지 하나/-주머니엔 지폐 몇 장// 오늘날 어머니는/젊은 날 추억을 꺾고 있다네. 참으로 안타깝고 슬픈 이야기다. 옛 고려장 풍습이 오늘날에는 아무런 죄의식 없이 빈번하게 주변에서 일어나고 있다. 아니 심지어는 모든 것을 포기한 사람들이 스스로 고려장의 대상이 되는 일이 자연스런 세상이 되었다. 시인은 이런 폐습을 냉정한 마음으로 바라보며 한탄하고 있는 것이다. 그런가 하면 시인 자신의 백팔번뇌를 벗어나지 못함을 애통해 하며 그 지옥의 상황에서 벗어나기를 고대하는 시를 우리는 볼 수 있다.

그의 시 '고뇌' 를 보자.

'활화산이야 휴화산이야/아니/식어버림 용암이 될래//격정도 젊음도 아닌/못생긴 아집/촌스럽게 손에 들어//쌓아두고 못 버리는/답답한 심정/이슬이 서리가 하얗게 맺힐 때//대지의 열기가 식어 가면//한 무더기 용암 되어/향기로운 꽃 하나 피울 수 있을까' 시인 자신이 고뇌에서 벗어나 해탈의 경지에 가기를 바라는 간절한 마음이 잘 표현되어 있다. 세월이 지나고 어려움을 이겨내면 시인의 말대로 '향기로운 꽃 하나 피울 수 있으리라' 그런가 하면, 그의 시 '해탈' 에서는 '무거우면 내려놓으라고' 일갈하며, 아니면 '그냥 죽어' 라고 외친다. 해탈의 경지에 들기 위한 시인의 처절한 몸짓이 애처로울 지경이다. 그리고 마지막으로 '마침내 얻은 것이/아이의 미소라잖여' 라고 사투리 까지 섞어가며 노래하고 있다. 시인이 마음의 평정을 얻고 해탈의 경지에 오른 마음은 어떤 것일까. 그의 다른 시 '내려놓고' 에서 우리는 시인의 마음을 엿볼 수 있다.

내려놓고

어때
내려놓은 느낌

홀가분하지 않아

이제 됐어
하늘이 비키잖아
구름 좀 봐 떠나잖아

– 내려 놓고 – 전문

시인에게 있어서 해탈의 경지는 모두 내려놓은 뒤에 오는 '홀가분함' 과 하늘이 길을 내주고, 구름처럼 떠나는 것이 아닐까?

위에서 살펴 본 바와 같이 임유택 시인은 다양한 소재를 시의 대상물로 가져와 여러 표현 방법을 동원하여 그의 시심을 이야기 하고 있다.

3. 문을 닫으며

지금까지 임유택시인의 처녀시집 '다 버렸기에 가난하여서'를 서투른 문장으로 몇 군데 간략하게 들여다보았다. 오랜 시간 동안 온갖 정성을 들여서 만들어낸 귀한 글귀를 짧은 시간에 전부를 파악하여 그 글을 논한다는 것은 사실 가능한 일이 아니다. 그러나 시인의 곁에서 시인을 보아 왔고, 시인이 등단하는 것을 지켜보며 많은 관심을 갖고 있었던 필자는 희미하나마 임유택시인의 언행과 글을 이해하고 있다고 생각한다.

충남 보령에서 2남4녀중 막내로 태어난 임유택 시인은 천안에서 학교를 다녔다.

주택 관련 직장에서 일을 하면서 틈틈이 시와 수필을 써오다가 대전에 소재하고 있는 문학단체인 '문예마을'에서 등단을 했다.

많지 않은 나이에도 불구하고, 외양에서 풍기는 인상이 범상치 않다는 것을 쉽게 알 수 있다. 깔끔하게 깍은 머리는 염색을 하지 않아서 반백이고, 개량 한복을 단정하게 차려 입은 모습은 옛 선비의 기운을 느끼게 한다. 뿐만 아니라 말하는 태도와 행동이 절도가 있고 안정이 되어서 이런 생각을 더 확실하게 뒷받침한다. 더구나 임유택시인은 조선중기의 문신이자 시인이었던 백호 임제선생의 후손이다. 임유택 시인은 평소 자랑스런 선조를 둔 것을 큰 영광으로 여기는 것을 자주 볼 수 있다. 이런 임유택 시인은 본인의 호를 '담하재 – 여유롭고 담담하게 저녁 노을을 바라보다 – 라고 하며 선비의 풍모를 스스로 갈구하며 살고 있다.

이번에 출간하는 시집에서 임유택 시인은 다양한 소재를 다양한 시각으로 바라보며 본인의 마음을 갈고 닦음은 물론이고, 이를 통해서 독자들에게도 많은 깨우침의 교훈을 주고 있다.

시인은 세상에 많은 가르침을 남긴 인물들, 아름다운 자연경관, 우리들에게 옛것을 상기하게 만드는 문화유적, 시인 자신이 가고자 하는 길을 제시하는 철학 등을 시의 대상으로 가져와 여러가지 표현을 동원하여 스스로의 깨달음을 물론 독자들을 감동시키고 있는 것이다. 때로는 힘찬 어조로, 때로는 부드러운 이해로, 때로는 사실적 표현을 서슴치 않다가도, 때로는 깊은 은유를 사용하여 그가 쓴 시의 깊이와 넓이를 더하고 있다. 우리는 담하재 시인의 적지 않은 글을 통하여 이 세상에 태어난 인간으로써의 가치와 역할, 옛것의 소중함과 그 것들이 우리에게 주는 교훈, 자연에서 태어나 자연으로 돌아가는 인간의 자연에 대한 애정, 그리고 우리들을 매일매일 이끌어가는 우리들의 사상에 대한 깊은 의미를 파악 할 수 있다.

한 편의 시를 쓴다는 것은 하나의 세상을 깊고 짧게 파악하는 것이다.

그 만큼 한 편의 시에는 작가의 온갖 노력이 담기기 마련이다. 한 편의 시는 글을 쓴 작가의 모든 것이 숨어 있으며 그래서 ' 그 글은 곧 작가다 ' 라고 우리는 말할 수 있는 것이다.

이렇게 본다면 '담하재 임유택' 시인은 요즘 보기 드문 선비형 시인이라는 것을 '다 버렸기에 가난하여서' 를 통하여 알 수 있다.

시인의 길을 가고자 마음을 먹는 것도 쉽지 않은 일이다. 더

구나 한 편의 시를 쓰기도 어려운데 한 권의 시집을 낸다는 것은 모든 이의 축복을 받아 마땅한 일이다.

더하여 이번 시집을 지금 병상에 계신 어머님 살아 생전에 드리고 싶다는 담하재 임유택 시인의 효심에 그저 감동할 뿐이다.

담하재 임유택 시인의 처녀시집 '다 버렸기에 가난하여서' 출간을 진심으로 축하한다.

그의 아호 '담하재' 처럼 늘 고요한 마음으로 더 훌륭한 시를 써서, '다 버렸기에 영원한 젊음을 간직한 호수' 가 되기를 당부드린다.

2021. 9

深幽 曺 斗 鉉